Damon, oder Die wahre Freundschaft

Gotthold Ephraim Lessing

copyright © 2023 Culturea éditions
Herausgeber: Culturea (34, Hérault)
Druck: BOD — In de Tarpen 42, Norderstedt (Deutschland)
Website: http://culturea.fr
Kontakt: infos@culturea.fr
ISBN:9791041939121
Veröffentlichungsdatum: FEBRUAR 2023
Layout und Design: https://reedsy.com/
Dieses Buch wurde mit der Schriftart Bauer Bodoni gesetzt.
Alle Rechte für alle Länder vorbehalten.
ER WIRT MIR GEBEN

Ein Lustspiel in einem Aufzuge

Personen.

Die Witwe.

Leander.

Damon.

Oronte.

Lisette.

Der erste Auftritt

Die Witwe. Lisette.

LISETTE. Nun, das ist wahr, unser Haus hat sich in kurzem recht sehr geändert. Noch vor acht Tagen war es ein belebter Sammelplatz von unzähligen jungen Herren und verliebten Narren. Alle Tage haben sich ihrer ein Paar verloren. Heute blieben die weg; morgen folgten ein Paar andre nach, und übermorgen desgleichen. Gott sei Dank! zwei sind noch übrig geblieben. Wenn die sich auch abfinden sollten: so wird unser Haus zur Einöde. Madame Madame!

DIE WITWE. Nun, was ist es?

LISETTE. Alsdann bleibe ich gewiß auch nicht länger bei Ihnen; so gut ich es auch hier habe. Gesellschaft ist das halbe Leben!

DIE WITWE. Du hättest dich also besser in einen Gasthof, als in meine Dienste, geschickt?

LISETTE. Ja. In einem Gasthofe geht es doch noch munter zu. Wenn es nicht so viel Arbeit da gäbe, wer weiß, was ich getan hätte. Wenn man einmal, leider! dienen muß, so, dächte ich, ist es wohl am vernünftigsten, man dient da, wo man bei seinem Dienen das größte Vergnügen haben kann. Doch, Scherz bei Seite. Was stellt denn itzo Herr Damon und Herr Leander bei Ihnen vor?

DIE WITWE. Was sie vorstellen?

LISETTE. Die Frage scheint Ihnen wundersam? Das weiß ich wohl, was sie sonst vorgestellt haben. Ihre Freier.

DIE WITWE. Und das sind sie auch noch.

LISETTE. Das sind sie noch? So? Damon ist also des Leanders Nebenbuhler, und Leander des Damons. Und gleichwo sind Leander und Damon die besten Freunde? Das wäre eine neue Mode. Wider die streite ich mit Händen und Füßen. Was? Nebenbuhler, die sich nicht unter einander zanken, verleumden, schimpfen, betrügen, herausfordern, schlagen, das wären mir artige Kreaturen. Nein. Es muß bei dem alten bleiben. Unter Nebenbuhlern muß Feindschaft sein, oder sie sind keine Nebenbuhler.

DIE WITWE. Es ist wahr, ich habe mich über ihr Bezeigen einigermaßen selbst gewundert. Ehe beide noch wußten, daß sie einerlei Zweck hätten, bezeigte sich niemand gegen mich verliebter, als eben sie. Niemand war zärtlicher, niemand bestrebte sich um meine Gegengunst mehr, als sie. So bald sie gewahr wurden, daß einer des andern Nebenbuhler wäre, so bald wurden beide, in ihrem Bestreben, mir zu gefallen, nachlässiger. Einer redete bei mir dem andern das Wort, Damon dem Leander, und Leander dem Damon. Beide schwiegen von ihren eigenen Angelegenheiten.

LISETTE. Und bei der Aufführung halten Sie beide noch für Ihre Freier?

DIE WITWE. Ja, ich bin es gewiß überzeugt, daß sie mich beide lieben. Beide lieben mich aufrichtig. Nur schien mir Damon etwas zu flüchtig, und Leander etwas zu ungestüm.

LISETTE. Beinahe möchte ich Sie itzt etwas fragen?

DIE WITWE. Nun, so laß doch hören.

LISETTE. Werden Sie mir aber aufrichtig antworten?

DIE WITWE. Ob ich dir aufrichtig antworten werde? Ich sehe nicht, was mich nötigen sollte, dir eine erdichtete Antwort zu geben. Wenn mir deine Frage nicht ansteht, so dürfte ich dir ja lieber gar nicht antworten.

LISETTE. Sie glauben, daß Sie von beiden geliebt werden. Und vielleicht mit Recht. Welchen von ihnen lieben Sie denn aber?

DIE WITWE. Welchen?

LISETTE. Ja.

DIE WITWE. Welchen? die Frage ist wunderlich. Ich liebe sie beide.

LISETTE. Nun, das ist gut. Sie werden sie also auch beide heiraten?

DIE WITWE. Du mengest alles unter einander. Itzo war die Rede vom Lieben und nicht vom Heiraten. Alle Freier, die ich gehabt habe, waren teils eitle verliebte Hasen, teils eigennützige niederträchtige Seelen. Was habe ich nicht von beiden ausstehen müssen! Nur Damon und Leander unterschieden sich gleich anfangs von ihnen. Ich nahm diesen Unterschied mit dem größten Vergnügen wahr. Und ich glaube auch, daß ich es ihnen selbst habe deutlich genug zu verstehen gegeben, wie sehr ich sie zu unterscheiden wüßte. Ich habe allen den Abschied gegeben, die nicht selbst so klug waren, ihn zu nehmen; nur sie habe ich da behalten, und sehe sie noch mit Vergnügen bei mir.

LISETTE. Was soll aber daraus werden?

DIE WITWE. Ich will es mit abwarten. Kann ich nicht beider Liebste werden, so kann ich doch wohl beider Freundin sein. Ja, gewiß, die Freundschaft kömmt mir itzt viel reizender vor, als die Liebe. Ich muß dieses dem Exempel meiner zärtlichen Liebhaber zuschreiben.

LISETTE. Was, die Freundschaft? die Freundschaft reizender, als die Liebe? die trockne Freundschaft! Reden Sie mir nur nicht so philosophisch. Ich glaube doch davon so viel, als ich will. Ihr Herz denkt ganz anders. Und es würde ihm auch gewiß nicht viel Ehre machen, wenn es mit dem Munde übereinstimmte. Lassen Sie mich einmal versuchen, ob ich seine stumme Sprache verstehe. Ich höre es; ja, ja, es spricht: Wie? sind das die aufrichtigen

Liebhaber? was ist das für eine neue Art der Liebe, die der Anblick eines Freundes unterdrückt? keiner wagt es, mir seinen Freund aufzuopfern? O die Unwürdigen! Ich will sie hassen, ja ich will aber werde ich auch können? werde ich auch

DIE WITWE. Schweig! schweig! Lisette. Du verstehst seine stumme Sprache sehr schlecht.

LISETTE. O! verzeihen Sie mir. Dieses Einfallen in die Rede, versichert mich, daß ich sie sehr wohl verstehe. Je nun, wie kann es anders sein? Ich würde selbst verdrießlich sein, wenn mir die Freundschaft so einen Streich spielte. Überlegen Sie es nur, wer ist sonst daran schuld, als die Freundschaft, daß Sie itzo, da Sie zwei Anbeter haben könnten, gar keinen haben? Ach! es wäre eine Schande, wenn die Liebe nicht stärker sein sollte, als die Freundschaft.

DIE WITWE. Ach!

LISETTE. Ha! ha! den Ton verstehe ich auch. Hören Sie einmal, ob ich ihn geschickt umschreiben kann. Nicht wahr? er will so viel sagen: Lisette, nötige mich nicht weiter, dir etwas zu gestehen, was du schon weißt. Wollte der Himmel! daß die Liebe nur bei einem mächtiger wäre, als die Freundschaft! Kannst du was beitragen, meine Liebhaber empfindlicher und weniger gewissenhaft zu machen

DIE WITWE. Sage mir, was du schwärmst?

LISETTE. O! um Verzeihung. Es sind Ihre eigenen Schwärmereien.

DIE WITWE. Gesetzt nun, ich gestünde dir, daß ich es lieber sehen würde, wenn mir beide ihre Liebe noch ferner entdeckten, wenn sich beide die zärtlichste Mühe um mein Herz gäben, wenn einer dem andern einen Rang abzulaufen suchte, wenn sie meine Gunstbezeigungen selbst, die ich dem einem mehr oder weniger zukommen ließe, ein wenig uneinig machte[n], wenn ich alsdann selbst das Vergnügen haben könnte, sie wieder zu vereinigen, um sie aufs neue zu trennen, gesetzt, sage ich, ich gestünde dir dieses, was wäre es nun mehr?

LISETTE. Es wäre allerdings etwas mehr, als Sie mir vorhin zugestehen wollten.

DIE WITWE. Ich weiß aber auch gar nicht, was ich für Ursache habe, dir von meinem Herzen Rechenschaft zu geben?

LISETTE. Ich bin mit Ihnen einig, Sie haben keine, Sie tun es aus bloßer Gütigkeit. Aber Sie sollten nicht umsonst so gütig gewesen sein, ich versichre Sie. Ich will mein möglichstes tun, daß es bald dahin kömmt, wohin Sie es gern haben wollen. Aber sagen Sie mir nur erst, für wen wollten Sie sich wohl am liebsten erklären; für Damon oder Leandern? Sie besinnen sich? Hören Sie, es fällt mir ein guter Rat ein. Sie wissen, daß sie beide vor einem Jahre, beinahe ihr ganzes Vermögen, jeder auf ein besonderes Schiff, welche nach Ostindien handeln, gegeben haben. Sie warten alle Tage auf ihre Rückkunft. Wie wäre es, wenn wir auch darauf warteten, und uns alsdenn für denjenigen erklärten, der der glücklichste bei diesem Handel gewesen ist?

DIE WITWE. Ich lasse mir es gefallen. Nur

LISETTE. Hier kömmt Herr Damon. Lassen Sie mich einmal mit ihm alleine, ich will ihn ausholen.

Lisette. Damon.

LISETTE. Ihre Dienerin, Herr Damon. Sie scheinen mir jemanden zu suchen. Wer ist es?

DAMON. Leander hat mich hier erwarten wollen. Habt Ihr ihn nicht gesehen?

LISETTE. Nein. Nun Aber müssen Sie denn deswegen gleich wieder fort gehen? Verziehen Sie doch einen Augenblick. Wird Ihnen die Zeit schon zu lang, daß er Ihnen nicht gleich seine süßen Träume von der Freundschaft vorplaudern soll? Wenn Sie nur deswegen etwa hergekommen sind angenehme Lügen und entzückende Gedanken von Ihrem Freunde zu hören; verziehen Sie, verziehen Sie, ich will es so gut machen, als er. Seit Sie und Herr Leander einander hier angetroffen, schallen ja alle Wände von dem Lobe der Freundschaft wider; ich werde doch wohl was behalten haben.

DAMON. Diese Spöttereien geschehen auf Unkosten meines Freundes. Sie müssen mir notwendig zuwider sein. Wenn ich bitten darf, schweigt!

LISETTE. Ei! sonst jemand möchte bei solchen Umständen schweigen. Überlegen Sie es doch nur selbst. Sie sind in dem Hause einer jungen liebenswürdigen Witwe. Sie lieben sie. Sie suchen ihre Gegenliebe. Aber, mein Gott! auf was für eine besondre Art! Ein Freund macht Sie in Ihrem Antrage schüchtern. Sie wollen ihn nicht beleidigen. Ihre Liebe ist viel zu schwach, seine ungegründeten Vorwürfe zu erdulden. Sie wollen es lieber mit Ihrer Liebsten, als mit Ihrem Freunde verderben. Je nun, möchte es doch noch endlich sein, wenn der andre nur nicht eben so ein Grillenfänger wäre.

DAMON. Unsre Aufführung darf Eurer Frau gar nicht seltsam vorkommen. Sie weiß unsrer beider Neigung. Wir haben uns ihr beide erklärt, ehe wir wußten, daß wir ihr einerlei erkläret hätten. Wir bestreben uns, aufrichtige Freunde zu sein. Wäre es also nicht unbillig, wenn ich dem Leander, oder Leander mir, durch ungestümes Anhalten, ein Herz entreißen wollte, das sich vielleicht mit der Zeit aus Neigung an einen von uns ergeben wird?

LISETTE. Aus Neigung? Als wenn ein Frauenzimmer nicht für alle wohlgemachte Mannspersonen einerlei Neigung hätte. Zum Exempel, was würde mir daran gelegen sein, ob ich Sie, oder Herr Leandern bekommen sollte. Nehmen Sie mir es nicht übel, daß ich meinem Stolze einmal solche süße Träume vorhalte. Sie und Herr Leander sind von einer gesunden Leibesbeschaffenheit. Stark und munter. Zwischen zwei gleich guten Sachen kann man sich in der Wahl nicht irren. Der erste der beste. Nur blindlings zugegriffen!

DAMON. Lisette, Ihr beurteilt Eure Frau nach Euch; und gewiß Ihr macht ihr dadurch nicht viel Ehre. Ich kenne sie zu wohl. Sie hat edlere Gedanken von der Liebe.

LISETTE. Ach, nehmen Sie mir es nicht übel. Liebe bleibt Liebe. Eine Königin liebt nicht edler, als eine Bettlerin, und eine Philosophin nicht edler, als eine dumme Bauersfrau. Es ist Maus, wie Mutter. Und ich und meine Frau würden in dem Wesentlichen der Liebe gewiß nicht um ein Haar unterschieden sein.

DAMON. Lebt wohl! Ich habe itzo just weder Lust, noch Zeit, Eure ungegründeten Reden zu widerlegen. Sollte Herr Leander kommen, so bittet ihn, einen Augenblick zu verziehen. Ich habe was Nötiges vorher zu verrichten. Ich werde gleich wieder da sein.

LISETTE. Je, zum Henker! so warten Sie noch einen Augenblick. Sie nennen meine Reden ungegründet? Nun, horchen Sie einmal. Itzo will ich Ihnen was sagen. Vielleicht werden sie Ihnen alsdenn gegründeter vorkommen.

DAMON. Nun, so werde ich was hören.

LISETTE. Wissen Sie, was meine Frau beschlossen hat? Sie will warten, bis die beiden Schiffe wieder da sind, auf welche Sie Ihre Gelder gegeben haben. Und wer bei dem Handel der Glücklichste wird gewesen sein, den will sie heiraten, Knall und Fall. Glauben

Sie nun, daß es meiner Frau gleichviel sein wird, ob sie den Herrn Leander oder Sie bekömmt? He?

DAMON. Was? Lisette! Das hätte sich deine Frau entschlossen? Geh! erzähle dein Mährgen einem andern.

LISETTE. Nun, warum kömmt Ihnen das so unwahrscheinlich vor? Ist es ein Schelmstück, daß man lieber einen Reichen, als einen Armen, heiraten will? Ihr närrischen Mannspersonen zählt wohl eher die Rockknöpfe, wenn ihr euch zu nichts entschließen könnt. Und ich dächte doch, sie hätte noch zehnmal gescheiter getan, da sie es dem Glücke überlassen, den Ausschlag zu tun, und ihre Neigung gewiß zu bestimmen.

DAMON. Himmel! wie unglücklich bin ich, wenn Ihr die Wahrheit redet! Hätte ich mir auch jemals einbilden können, daß der Reichtum so viel Reizungen für sie haben sollte? Soll der nun unsere Person erst beliebt machen? Findet sie an mir und an Leandern nichts, welches dieser verblendenden Kleinigkeit die Waage halten könnte? Bald sollte es mich gereuen, eine Person zu lieben, die so niederträchtig

LISETTE. Nun, nun! Fein sachte, fein sachte! Nur nicht gleich geschimpft. Zum Geier, haben Sie es denn besser haben wollen? Der Reichtum an und für sich selber ist eben dasjenige nicht, was sie an Ihnen sucht. Die Neigungen meiner Frau gegen Sie und gegen den Herrn Leander liegen itzo im Gleichgewichte, und dieser soll also nur ein kleiner Zuwurf sein, welcher der oder jener Schale den Ausschlag gibt. O! geizig sind wir eben nicht. Das sagen Sie uns nur nicht nach. Ob es uns auch gleich keine Schande sein würde, wenn wir es wären. Sie zeigen ja dadurch, daß Sie ihr eine Zeit lang nichts mehr von Ihrer Liebe vorgesagt haben, ganz deutlich, daß es Ihnen gleichviel sein würde, ob sie sich für Sie selbst oder für Ihren Freund erklärte; und Leander desgleichen. Wie hätte sie es also wohl klüger können anfangen?

DAMON. Ach daß ich so verliebt, ach, daß ich so gewissenhaft in der Freundschaft bin!

LISETTE. Würde es Ihnen vielleicht lieber gewesen sein, wenn meine Frau Sie beide hätte würfeln lassen, damit die meisten oder die wenigsten Augen sie dem einen oder dem andern zur Frau gegeben hätten? Es ist dieses sonst eine ganz löbliche Soldatenmode, wenn von zwei Galgenschwengeln einem das Leben soll geschenkt werden, und es einer doch eben so wenig verdient, als der andre. Ja, ja. Nicht wahr, sie hätte der Mode wohl auch hier folgen können?

DAMON. Eure Spöttereien sind sehr übel angebracht. Mein Herz ist doch ich will nur gehen, Lisette, Lisette, in was für Unruhe habt Ihr mich gesetzt! Himmel!

Dritter Auftritt

LISETTE. Nun, der hat einen Floh hinter dem Ohre. Aber was hilft mirs? Ich kann itzo aus ihm eben so wenig klug werden, als zuvor. Wenn ich ihn nur wenigstens so weit hätte bringen können, daß er seine Liebeserklärungen wieder vorgesucht hätte. Er ließ aber auch gar nicht mit sich reden; es war, als wenn er auf Kohlen stünde. Hui! da kömmt Leander. Laßt sehn, was mit dem anzufangen ist!

Vierter Auftritt

Lisette. Leander.

LISETTE. Ein klein bißgen eher, so hätten Sie ihn angetroffen.

LEANDER. So? Ist Damon schon hier gewesen?

LISETTE. Ja. Und er wird auch gleich wieder da sein. Sie sollen sich nur ein klein wenig gedulden. Herr Leander, wie sehen Sie mir denn aber heute einmal so verdrießlich aus? Ach! das Gesichte steht einem Freier gar nicht! Pfui! fein munter! hübsch lustig!

LEANDER. Wer so viel Ursache zum Verdrusse hat, wie ich

LISETTE. Ach! ach! Reden Sie doch. Sie mögen wohl viel auf dem Herzen haben, das Sie bekümmert. Ich merke zwar bald, was es sein kann? Hui! daß Sie die Liebe quält. Sind Sie es einmal satt, sie der Freundschaft nachzusetzen. O Sie täten nicht mehr, als billig. Frisch gewagt! Schade auf einen Freund. Halten Sie bei meiner Frau wieder aufs neue an. Ich gebe Ihnen mein Wort, Sie bekommen sie weg. Wenn Sie aber noch länger tändeln, so bin ich Ihnen für nichts gut. Wählen kann meine Frau nicht. Wenn nicht bald einer von beiden kömmt, und sie so holt, so hat sie alles schon dem blinden Zufalle überlassen. Wer von Ihnen bei dem Handel nach Ostindien am glücklichsten wird gewesen sein, dem will sie Hand, Herz und Vermögen schenken Was fehlt Ihnen? Was fehlt Ihnen?

LEANDER. Lisette, um des Himmels willen, dem Glücklichsten? Nun ist mein Unglück vollkommen.

LISETTE. Vollkommen? Was will das sagen? Erklären Sie sich.

LEANDER. Wohl, ich will mich Euch vertrauen. Wisset denn, daß ich nur gestern Abends Briefe erhalten habe, daß mein Schiff in einem Sturme verunglücket sei. Grausamer Himmel! so war es nicht genug, mir mein Vermögen zu nehmen, du mußtest mir auch noch den Gegenstand meiner so zärtlichen Liebe entreißen?

LISETTE. Jener schimpfte auf meine Frau, und der schimpft auf den Himmel. Und beide sind wohl unschuldig. Herr Leander, Ihr Unglück geht mir nahe. Ich will es Ihnen schon glauben, daß es einem Verdruß genug verursachen muß, wenn man sein Vermögen verliert. Ich habe diese traurige Erfahrung noch nicht machen können; denn, Gott sei Dank, ich habe keins. Wenn aber der Verdruß, Reichtümer zu verlieren, so groß ist, als die Begierde, sie zu gewinnen, so muß er unerträglich sein. Ich gesteh es. Aber auf den andern Punkt zu kommen. Den Gegenstand Ihrer so zärtlichen Liebe Sie meinen doch meine Frau nicht? hören Sie nur um den haben Sie sich selbst gebracht. Doch wenn Sie mir folgen wollen, Herr Leander, so verloren als er scheint, so ist er doch noch nicht ganz verloren.

LEANDER. O ich bitte Euch, redet frei. Ich will Euch in allem folgen, was mir nützlich sein kann.

LISETTE. Aber ich zweifle, daß Sie es tun werden.

LEANDER. Zweifelt nicht, ich bitte Euch.

LISETTE. Ich kenne Ihre Hartnäckigkeit allzu wohl. Sie sind von den erhabenen Begriffen der Freundschaft zu sehr eingenommen. Damon, Ihr liebster Freund auf der Welt, das kostbarste Geschenk des Himmels, ohne welches Ihnen alle Güter, alle Ehre, alles Vergnügen, nur verachtungswert, nur eitel, nur unschmackhaft vorkommen würden, Damon, Ihr andres Ich, dessen Glück Ihr Glück, dessen Unglück Ihr Unglück ist; Damon, der edle Damon, der

LEANDER. Ja, allerdings Lisette. Du wirst ihn nie genug loben können. Der ist noch der einzige, der mir mein Unglück wird tragen helfen. Ich habe allezeit die vorteilhaftesten Gedanken und die zärtlichsten Empfindungen für ihn gehabt. Ich zweifle nicht, er wird itzo zeigen, wie würdig er meiner Freundschaft sei. Hätte er sein Vermögen verloren, so würde das meinige das seinige gewesen sein. Ich würde die Hand der liebenswürdigsten Person seinetwegen ausschlagen. Damon, ja Damon o hätte er mein Herz Aber, aber ich weiß, das wahre Zärtliche in der Freundschaft hat er nie recht empfinden wollen

LISETTE. Ja, Herr Leander, wenn Sie glücklich sein wollen, so müssen Sie diesen Damon einige Zeit aus den Augen setzen. Erschrecken Sie über diesen Vorschlag nicht.

LEANDER. Wie versteht Ihr das?

LISETTE. Nun, ich sehe doch, daß Sie mit einem ziemlich unerschrocknen Gesichte meine Erklärungen verlangen. Befürchten Sie nur nichts, ich rate Ihnen keine Verräterei an Ihrem Freunde. Weder er wird Ihnen, noch Sie werden sich selbst dabei was vorzuwerfen haben. Kurz, gehen Sie zu meiner Frau. Tun Sie ihr eine aufrichtige Liebeserklärung. Versichern Sie sie, daß sie Damon nicht mehr liebte. Wenn es sein muß, nehmen Sie noch ein Paar Notlügen dazu, wodurch er ihr desto gehässiger wird. Sie werden sehen, es wird alles gut gehen.

LEANDER. Wenn sie aber nun darauf beruht, erst abzuwarten, wer am glücklichsten bei dem bewußten Handel gewesen, so wird mich ja alles nichts helfen.

LISETTE. Hui! ist das der standhafte Freund? So leicht läßt er sich bereden? Herr Leander, darauf wird sie wohl schwerlich bestehen. Doch gesetzt. Es schadet uns nichts. Wissen Sie was? Ich weiß, daß Sie und Herr Damon einige mal Lust hatten, mit Ihren Kapitalen zu tauschen. Sie sind von gleicher Summe. Ich dächte, Sie versuchten den Herrn Damon noch dazu zu bereden. Er weiß doch noch nichts, daß Ihr Schiff soll unglücklich gewesen sein?

LEANDER. Nein.

LISETTE. Nun, sehen Sie, so geht es vollkommen gut an. Versuchen Sie sein Kapital zu bekommen, und treten Sie ihm das Ihrige mit allem Wucher ab. Sie können es leicht tun; und werden auch leicht eine scheinbare Ursache dazu ausfündig machen können. Wie, wenn Sie zu ihm sagten? Liebster Damon, die Freundschaft hat uns genau genug verbunden. Wie wär es aber, wenn wir auch unsre Glücksgüter dazu anwendeten, daß einer dem andern noch mehr verbunden würde? Lassen Sie uns derohalben einen Tausch mit den bewußten Geldern, die wir in die ostindische Handlung gegeben haben, treffen. Haben sich die Ihrigen mehr verinteressiert, als die meinigen, so werde ich Ihnen alsdenn einen Teil meines Vermögens zu danken haben. Sollten die meinigen mehr gewuchert haben, so werde ich das Vergnügen haben, dasjenige in Ihren Händen zu sehen, was das Glück mir eigentlich beschieden hatte. Und werden wir dadurch nicht desto mehr verpflichtet werden, einer dem andern mit seinem Vermögen, bei vorfallender Notwendigkeit, beizustehen?

LEANDER. Euer Rat ist gut. Und auch der Vorwand scheinet mir scheinbar genug zu sein. Aber ich besorge, mein Freund möchte einmal einen Verdacht auf mich werfen. Drum möchte ich selbst ihm diesen Vorschlag nicht gern tun. Könntet Ihr nicht etwa Eure Frau auf den Einfall bringen? Wenn diese täte, als ob sie es gern sähe, so

LISETTE. Ich verstehe Sie. Ich verstehe Sie. Verlassen Sie sich auf mich, und machen Sie nur, daß Sie bald zu meiner Frau kommen.

LEANDER. So bald als ich mit meinem Freunde werde gesprochen haben. Gott ist mein Zeuge, daß ich bei allem dem redliche Absichten habe. Ich weiß es gewiß, mein Freund würde, wenn ich mein Vermögen verlöre, nicht großmütig genug sein können, die Pflichten, die er mir alsdenn, vermöge unsers Bundes, schuldig wäre, auszuüben. Ich will ihn derohalben von dem gewissen Schimpfe, von der Nachwelt ein ungetreuer Freund genennet zu werden, befreien. Meiner Seits aber will ich ihm zeigen, daß meine Reden vollkommen mit meinen Taten übereinstimmen. Er soll die Hälfte meines Vermögens haben.

LISETTE. In Ansehung dessen, daß ihm von Rechts wegen das ganze gehöret Das ist ein aufrichtiger Freund!

LEANDER. Ich will alles anwenden, ihm wieder aufzuhelfen. Vielleicht ist er ein andermal glücklich. Vielleicht

LISETTE. St! St! Herr Damon kömmt ohne Zweifel wieder. Ich will gehen. Er möchte denken, wer weiß was wir mit einander zu reden gehabt hätten. Ich geh zu meiner Frau. Kommen Sie bald nach. Nun, das hätte ich mir nicht vermutet.

Leander. Damon.

LEANDER. Ich darf ihm also nichts von meinem Unglücke sagen; weswegen ich ihn doch herbestellet hatte. Was werde ich also mit ihm zu reden haben? Es wird sich schon geben.

DAMON. O wertester Leander, verzeihen Sie mir, daß Sie auf mich haben warten müssen.

LEANDER. Ich Ihnen verzeihen? Womit haben Sie mich beleidiget? Legen Sie doch endlich einmal, allerliebster Freund, das mir so nachteilige Vorurteil ab, daß Sie im Stande wären, mich zu beleidigen. Ein Freund wird über den andern nie verdrießlich. Der Pöbel, dem die süße Vereinigung der Gemüter unbekannt ist, und ewig zu seinem unersetzlichen Schaden, unbekannt bleiben wird, der Pöbel, die Schande des menschlichen Geschlechts, mag untereinander zürnen. Die Freundschaft bewaffnet eine edle Seele mit einer unüberwindlichen Sanftmut. Was ihr Freund tut, was von ihrem Freunde kömmt, ist ihr billig und angenehm. Die Beleidigungen werden nur durch die bösen Absichten dessen, der beleidiget, und durch die Empfindlichkeit dessen, der beleidiget wird, zu Beleidigungen. Wo niemand also böse Absichten hat, wo niemand empfindlich wird, da haben auch keine Beleidigungen Statt. Wird aber ein Freund gegen den andern wohl böse Absichten hegen? Oder wird ein Freund über den andern wohl empfindlich werden? Nein. Drum, liebster Damon, wenn mir auch durch Sie der größte Schimpf widerführe; wenn ich durch Sie um Ehre und Ansehen käme; wenn ich durch Sie Gut und Geld verlöre; wenn ich durch Sie ungesund, lahm, blind und taub würde; wenn Sie mich um Vater und Mutter brächten; wenn Sie mir selbst das Leben nähmen; glauben Sie, liebster Damon, daß Sie mich alsdenn beleidiget hätten? Nein. So viel Unrecht Sie auch hätten, so viel Recht würden Sie bei mir haben. Würde Sie auch die ganze Welt verdammen; ich würde Sie entschuldigen, ich würde Sie lossprechen.

DAMON. Ich will wünschen, Leander, daß ich Ihnen mit gleichem Feuer antworten könnte. Ich will mich bemühen, Ihre Freundschaft nie auf eine so harte Probe zu setzen.

LEANDER. Ei, liebster Freund, wie so kaltsinnig? Zweifeln Sie an der Aufrichtigkeit meiner Rede? Zweifeln Sie, ob meine Freundschaft diese Probe aushalten würde? Wollte doch Gott, ja wollte doch Gott, daß Sie mich, je eher je lieber auf eine Art beleidigten, welche bei andern unvergeblich sein würde! wie vergnügt, wie entzückt wollte ich sein, die süße Rache einer großmütigen Verzeihung an Ihnen auszuüben.

DAMON. Und ich will mir dagegen wünschen, daß ich dieser großmütigen Verzeihung niemals möge nötig haben.

LEANDER. Ja, Damon, und ich würde, in gleichen Fällen, auch ein Gleiches von Ihnen erwarten. O! ich kenne Sie zu wohl. Ihre Seele ist edel und großmütig. Und diese läßt mich nicht daran zweifeln.

DAMON. Sie trauen mir zu viel zu, wertester Leander. Voll Scham gesteh ich Ihnen, daß ich mich zu schwach dazu befinde. Die Gedanken davon scheinen mir edel und wahr. Die Erfüllung aber unmöglich. Ich zittere schon im voraus, wenn ich mir vorstelle, daß meine Freundschaft einen so harten Versuch vielleicht einmal auszuhalten habe. Doch Ihre Tugend ist mir gut dafür. Und ist ein Freund wohl auch zu einer so allzu großmütigen Sanftmut verbunden? Ich weiß es, es ist die Pflicht eines Freundes, dem andern zu verzeihen. Doch ist es auch des andern Pflicht, ihm so wenig Gelegenheit dazu zu geben, als ihm nur möglich ist.

LEANDER. Freund, im Verzeihen müssen wir dem Himmel gleich sein. Unsere Verbrechen, so groß und so häufig sie sind, machen ihn in dieser, ihm würdigen, Beschäftigung nicht müde. Wen man einmal zu seinem Freunde erwählt hat, den muß man behalten. Weder seine Fehler noch seine Beleidigungen müssen vermögend sein, ihn aus unsrer Gunst zu setzen. Man beschimpfet sich selbst, wenn man es dazu kommen läßt. Oder ist es etwan kein Schimpf, wenn man mit Scham gestehen muß, daß man in der Wahl gröblich geirret habe?

DAMON. Aber, liebster Leander, sagen Sie mir doch, weswegen Sie mit mir zu reden verlangt? Was ist denn das Wichtige, das Sie mir zu entdecken haben?

LEANDER. Werden Ihnen meine Reden beschwerlich? Ich kann es nicht glauben. Sie wissen, wie gern man von Sachen redet, die uns angenehm sind. Und ich weiß, man höret auch eben so gern davon. Sie scheinen mir aber heute zu beiden ein wenig verdrießlich. Was beunruhiget Sie? Ist Ihnen ein Unglück zugestoßen? Entdecken Sie mir es. Machen Sie mir das Vergnügen, Ihren Schmerz mit Ihnen zu teilen. Sie sollen alsdenn alles erfahren, was ich Ihnen zu sagen habe.

DAMON. Sie betrügen sich nicht. Ich bin bestürzt und bekümmert.

LEANDER. Und worüber? O was zaudern Sie, mir Ihr Geheimnis anzuvertrauen. Setzen Sie in meine Verschwiegenheit ein Mißtrauen? Zweifeln Sie, daß ich Ihnen helfen werde, wenn es in meinen Kräften stehet? Oder zweifeln Sie gar an meinem Mitleiden? Wenn ich mein Herz gegen Sie ausschütten kann, so weichet gleich die Hälfte meines Grams. Und versuchen Sie es nur. Vielleicht bin ich so glücklich, daß Sie auch in meinem Vertrauen einige Erleichterung finden.

DAMON. Es betrifft mich und Sie.

LEANDER. Und desto eher; nur heraus damit. Müssen Sie es etwan verschweigen? O! was man nur seinem Freunde sagt, hat man noch niemanden gesagt. Ich und mein Freund sind eine Person. Und wenn ich den größten Eidschwur darauf getan hätte, gegen niemanden ein Wort von dem oder jenen zu gedenken, so könnte ich es doch, ohne den Eidschwur zu brechen, meinem Freunde sagen. Was ich dem vertraue, vertraue ich mir selbst. Und ich tue nichts mehr, als wenn ich es noch einmal für mich in den Gedanken wiederholte.

DAMON. Nein. Nein. Es soll Ihnen nicht verborgen sein. Könnten Sie sich wohl einbilden, zu was sich die Madam entschlossen?

LEANDER. Worinne?

DAMON. Nun raten Sie einmal, auf was sie es will ankommen lassen, welchem sie von uns beiden ihre Hand geben solle?

LEANDER. Und eben dieses, mein Damon, eben dieses hatte ich Ihnen auch zu sagen.

DAMON. Aufrichtig nun zu reden, ich bin über diesen niederträchtigen Entschluß erstaunet. Nein, Leander, ehe ich ihre Hand einer solchen schändlichen Ursache zu danken haben wollte, eher will ich sie Zeit Lebens ausschlagen.

LEANDER. Und glauben Sie denn, daß ich sie annehmen würde? Wir haben die uneigennützigsten Absichten gegen sie. Wir würden sie lieben, wenn sie auch nichts besäße. Und sie ist gegen uns so eigennützig? Ist ein verachtungswürdiger Reichtum das einzige, was ihr an uns gefällt?

DAMON. Wie, wenn wir diesen Entschluß auf alle mögliche Art suchten zu nichte zu machen? Darf ich Ihnen wohl was vorschlagen? Was meinen Sie, wenn wir Schaden und Gewinst bei unserm Handel teilten?

LEANDER. St! das ist Wasser auf meine Mühle. So könnte das Tauschen gar bleiben Ja, Sie haben Recht. Nichts könnte sie leichter wieder auf den rechten Weg bringen, einen von uns aus Neigung und Verdienst zu wählen. Wohl! Ich bin es zufrieden.

DAMON. O wie vergnügt machen Sie mich durch Ihren Beifall wieder. Ich besorgte immer, ich besorgte. Sie würden mir ihn hier entziehen. Und Sie hätten Recht dazu gehabt.

LEANDER. Wie wenig trauen Sie mir doch zu! So? Was könnte ich denn für Recht haben, hierinne nicht mit Ihnen einig zu sein? Alle Güter sind ja unter Freunden gemein. Was ich besitze, besitzen Sie. Und was Sie besitzen, darauf glaube ich auch ein kleines Recht zu haben. Verflucht sei der Eigennutz! wenn Ihnen das Unglück auch so sehr zuwider sein sollte, daß Sie alles, alles dabei verlören. Nicht die Hälfte meines Vermögens, mein ganzes Vermögen wäre allezeit so gut, als das Ihrige.

DAMON. Freund, Sie machen mich ganz beschämt!

LEANDER. Was ich sage, würde ich auch tun. Und wenn ich es getan hätte, so würde ich doch nichts mehr getan haben, als was die Pflicht eines Freundes verlangt.

DAMON. Aber ich weiß nicht, was ich bei mir für eine geheime Ursache finde, selbst an der Wahrheit dieses Entschlusses zu zweifeln. Könnte mir wohl Lisette

LEANDER. Und von der hab ich es auch. Doch dahinter wollen wir wohl kommen. Es liegt uns beiden nicht wenig dran. Erlauben Sie mir, daß ich Sie verlasse. Ich will selbst zu ihr gehen, und mich bei unserer Liebsten erkundigen.

DAMON. Aber, Leander, wie wird sich das schicken? Wird sie über diese Neugierigkeit nicht empfindlich werden?

LEANDER. Sorgen Sie nicht, ich will es schon mit einer Art vorzubringen wissen

DAMON. Nun ich verlasse mich auf Ihre Geschicklichkeit. Kommen Sie bald wieder, mir Nachricht zu bringen.

LEANDER. So komme ich doch unter einem guten Vorwande wieder von ihm.

DAMON. Entweder, ich bin zur Freundschaft ganz ungeschickt, oder Leander hat sehr ausschweifende Begriffe davon. Ich bin unglücklich wenn das erste wahr ist Ja die Freundschaft sie ist allerdings das, was uns das Leben erst angenehm machen muß So viel empfinde ich Aber so viel empfinde ich doch nicht, als mein Freund zu empfinden sagt. Gesetzt ich würde von ihm beleidigt ich würde so von ihm beleidigt als er von mir sich wünschte, beleidiget zu werden würde ich wohl nein ich mag mir nicht schmeicheln ich würde ich würde viel zu schwach sein, es ihm zu vergeben Ja, ich würde es ihm verargen, wenn er mir bei einer solchen Gelegenheit verzeihen wollte ich würde ihn selbst tadeln Doch ich halte ihn auch nicht einmal für fähig dazu er mag sein, was er will aber ich irre mich wohl auch ich beurteile ihn nach mir weil ich so schwach bin; folgt es denn daraus, daß ein anderer Doch allerdings eine so vollkommene Freundschaft ist für diese Welt nicht Ob auch wohl Leander so denkt, als er redet? Halt ich will ja wenn ich ihm berede, ich hätte Nachricht erhalten, daß mein Schiff untergegangen Da will ich sehen, ob seine Großmut es wird mich ein wenig kützeln, wenn ich ihn bestürzt Doch nein das war ein niederträchtiger Einfall Seinen Freund auf die Probe setzen, heißt, seinen Freund gern verlieren wollen Nein aber wenn nun die Witwe auf ihrem törichten Entschlusse blieb Gesetzt, Leander würde durch sie glücklich werde ich sein Freund bleiben können? Ich zittere ja ich fühle meine Schwäche ich würde auf ihn zürnen ich würde neidisch werden ach ich schäme mich recht vor mir selbst

Oronte. Damon.

ORONTE. Nun, da ist Er ja. Versteh Er mich! Vetter, habe ich Ihn doch müssen in zehn Häusern suchen. Versteh Er mich! Und ich hätte Ihn eher sonst wo zu finden geglaubt als bei der jungen Witwe. Versteh Er mich.

DAMON. Je was führt Sie denn hieher, Herr Vetter?

ORONTE. So? sieht Er mirs nicht an, versteh Er mich, was ich will? Mache Er sich nur parat, versteh Er mich, eine Nachricht von mir zu hören, die Ihn halb tot, versteh Er mich, und wenn Er noch ein klein wenig Vernunft übrig hat, versteh Er mich, die Ihn rasend machen wird.

DAMON. Sie erschrecken mich. Was ist es denn?

ORONTE. Habe ichs Ihm nicht gesagt, versteh Er mich, daß es Ihm mit Seinem Kapitale würde unglücklich gehen? Versteh Er mich. Da seh Er, lese Er Sein Schiff ist untergegangen. Da, lese Er nur, versteh Er mich Er wird alle Umstände finden, versteh Er mich.

DAMON. So?

ORONTE. Nun, hab ichs Ihm doch vorher gesagt, versteh Er mich. Aber ihr jungen Leute, laßt euch doch niemals sagen, versteh Er mich. Alles, alles wollt ihr besser einsehen. Schon recht! versteh Er mich, schon recht!

DAMON. Dieses Unglück hätte ich mir nicht versehen

ORONTE. Ist das das Ganze, was man sagen kann, versteh Er mich, wenn man sein Vermögen verliert? O Leichtsinnigkeit! o gottlose Leichtsinnigkeit! versteh Er mich. Auf 12000 Rtlr. versteh Er mich. Auf zwölf tausend! Nun, Vetter, sag Er, was will Er nun anfangen? versteh Er mich. Er ist von der ganzen Welt verlassen, verlassen, und mit Recht. Versteh Er mich. Kann Ers leugnen, daß ichs Ihm vorher verkündigt habe? Kann Ers leugnen? Versteh Er mich. Wie vielmal habe ich Ihm die güldne Regel gegeben: Was aufs Wasser kömmt, versteh Er mich, ist so gut, als halb verloren.

DAMON. Ach! möchte doch das Geld sein, wo es wollte wenn nur

ORONTE. Ach! Schade um das Geld! Das sind gescheute Reden. Versteh Er mich. Damon, Damon, ein Mensch, der so denken kann, ist nicht wert, daß er mein Vetter sei. Versteh Er mich. Ach! schade ums Geld! Nein, Gott sei Dank, versteh Er mich, so albern und gottesvergessen bin ich in meiner Jugend nicht gewesen. Denkt Er, versteh Er mich, daß Ihn die junge Witwe nun heiraten wird? versteh Er mich. Sie müßte eine Närrin sein. Versteh Er mich.

DAMON. Ja, Herr Vetter, dieses besorge ich. Und dieses ist auch das einzige, was mir mein Unglück empfindlich macht.

ORONTE. Der Narr, versteh Er mich. Als wenn es nicht so schon empfindlich genug wäre. Versteh Er mich. Doch Vetter, daß Er sehn soll, versteh Er mich, wie gut ich es mit Ihm meine, so will ich Ihm, versteh Er mich, bei den Umständen raten: mache Er banquerout.

DAMON. Wie, so niederträchtig

ORONTE. Was? Was? Niederträchtig? versteh Er mich. Das nennt Er niederträchtig, versteh Er mich, Vetter, wenn man banqueroute macht? Zum Henker! versteh Er mich, habe ich nicht fünf mal banqueroute gemacht? Und bin ich niederträchtig gewesen? versteh Er mich. Habe ich mich mein ganzes Vermögen dem Banqueroute zu danken? versteh Er mich. Zu dem ersten brachte mich meine Frau! versteh Er mich. Das war eine stolze verschwenderische Närrin! Gott habe sie selig, versteh Er mich. Aber das vergelte ihr noch Gott im Himmel, wo sie ohne Zweifel sein wird, versteh Er mich, denn sie war allezeit gern, wo es fein lustig und fein prächtig zuging, versteh Er mich; das, sage ich, vergelte ihr der liebe Gott, daß sie mir auf den so kurzen Weg zum Reichtume zu gelangen geholfen hat. Versteh Er mich. Denkt Er, Vetter, daß ich mit fünf Banquerouten, versteh Er mich, würde aufgehört haben, wenn mir es nicht wäre ausdrücklich verboten worden, versteh Er mich, die Handlung aufs neue anzufangen?

DAMON. Nein, Herr Vetter, ich kann Ihnen durchaus nicht schmeicheln. Es bringt Ihnen ein so schlimm erworbener Reichtum wenig Ehre.

ORONTE. Ach! ach! Ehre! Ehre! Versteh Er mich. Um die Ehre ist es auch zu tun. Es muß mancher, versteh Er mich, bei aller Ehre, die er hat, verhungern. Ach! die Ehre. Ist Er nicht ein Grillenfänger? Versteh Er mich. Nicht wahr, versteh Er mich, es wird meinen Erben gleichviel sein, ob ich ihn mit Ehre oder ohne Ehre besessen habe. Versteh Er mich. Sie werden mirs danken, und wenn ich ihn gestohlen hätte. Versteh Er mich.
DAMON. Nein, Herr Vetter, wenn Ihre Erben vernünftig sein werden, so werden sie nach Ihrem Tode Ihre Verlassenschaft dazu anwenden, daß sie denjenigen, die durch Ihre Banqueroute unglücklich geworden sind, wieder aufhelfen.

ORONTE. Was? Was? Versteh Er mich. Das sollen meine Erben tun? Ja, wenn ich das voraus sehen könnte, gewiß, versteh Er mich, gewiß ich ließe mir eher einmal alle mein Hab und Gut mit ins Grab geben. Hätte ich mirs deswegen so sauer werden lassen? Versteh Er mich. Fünfmal habe ich müssen schwören. Fünfmal hätte ich also umsonst geschworen? Versteh Er mich. Höre Er, Vetter, weil ich sehe, daß Er so wider Recht und Pflicht handeln würde, versteh Er mich, so will ich Ihn fein aus meinem Testamente lassen. Versteh Er mich. Darnach mag Er vollends sehn, was man anfängt, wenn man nichts hat, versteh Er mich.

DAMON. Alsdenn wird der Himmel für mich sorgen.

ORONTE. Wer? Wer? Versteh Er mich. Wer wird für Ihn sorgen? Der Himmel? Ja, getröste Er sich nur. Ja, er wird für Ihn sorgen, versteh Er mich, wie für die Sperlinge im Winter. Der Himmel will haben, versteh Er mich, daß wir für uns selbst fein sorgen sollen. Dazu hat er uns Verstand und Klugheit gegeben; versteh Er mich.

DAMON. Ja, und manchem noch über dieses Bosheit und Geiz, wenn Verstand und Klugheit etwan nicht hinlänglich sein wollten.

ORONTE. Vetter, soll das auf mich gehen? Versteh Er mich! Sei Er mir nicht so naseweis! Ich weiß schon, auf was Er trotzt. Versteh Er mich. Er denkt itzo eine gute Heirat zu tun. Aber sieht Er mich? Ich will dem Wolfe das Schäfchen noch schon entreißen, versteh Er mich. Leander hat nunmehr Recht dazu. Dessen Schiff ist glücklich angekommen, ob man ihm gleich erst geschrieben hatte, versteh Er mich, daß es verunglückt wäre. Es ist aber nichts weiter, als eine Irrung, versteh Er mich. Seines, Seines ist drauf gegangen. Versteh Er mich.

DAMON. Wie? Leandern ist dies geschrieben worden? Und er hat mir nichts gesagt?

ORONTE. Muß man Ihm denn alles auf die Nase binden? Versteh Er mich. Nun, nun. Er soll schon sehn, was ihm Sein Unglück, trotz Seiner Ehre und trotz des Himmels! schaden soll. Ich gehe itzo gleich selber zu der Witwe. Sie soll alles erfahren. Versteh Er mich. Leb Er wohl, versteh Er mich.

DAMON. Verdrießliche Nachricht! Ich verliere mein Vermögen dieses möchte noch sein. Wer weiß, wenn Leander unglücklich gewesen wäre, ich würde vielleicht nicht großmütig genug gewesen sein, ihm zu helfen Was für eine Schande für mich, wenn ich an ihm untreu geworden wäre! der Himmel hat mich davor bewahren wollen ich bin glücklich bei allem meinem Unglücke aber ich verliere zugleich die liebenswürdige Witwe sie wird sich an Leandern nun ohne Schwierigkeit geben an Leandern doch Leander ist ja mein Freund die Liebe die verdammte Liebe verdient sie mein Freund nicht eben so wohl, als ich? was darf ich viel nach einer Frau fragen, deren Herz ich, wenn ich es ja bekommen hätte, bloß meines Geldes wegen bekommen hätte Aber doch sie ist liebenswürdig wie muß ich mit mir selber kämpfen! Allein Leander sollte es wahr sein, daß er diese falsche Nachricht bekommen hätte? und er sollte mir es verschwiegen haben? wie hätte er den Vorschlag annehmen können, den ich ihm tat ich falle auf ganz besondre Gedanken doch weg damit sie schänden meinen Freund

Lisette. Damon.

LISETTE. So alleine? und so betrübt?

DAMON. Ach Lisette, meinen Kummer zu erleichtern, muß ich ihn dem ersten dem besten erzählen. Ich bin unglücklich gewesen. Mein Schiff ist in einem Sturme untergegangen. Ich habe die gewisseste Nachricht. Himmel! und ich verliere zugleich alle Hoffnung von Eurer Frau

LISETTE. Was? So ist es an Leanders Unglücke nicht genug gewesen?

DAMON. Wie so, an Leanders? Sein Schiff ist ja glücklich angekommen. Was ist ihm denn für ein Unglück begegnet?

LISETTE. Ja. Sein Schiff ist so hübsch eingelaufen, wie das Ihre. Er hat mir es ja selber gesagt.

DAMON. Er hat es Euch selber gesagt? So ist mein Verdacht doch wohl gegründet Dem ohngeachtet, Lisette, könnt Ihr mir gewiß glauben, daß es eine bloße Irrung mit seinem Schiffe gewesen aber sollte mein Freund wohl eine kleine Untreue an mir begangen haben?

LISETTE. Eine Untreue? Was für eine Untreue? Behüte Gott! Leander ist der getreuste Freund von der Welt. Ha ha ha ha!

DAMON. Warum lacht Ihr?

LISETTE. Ja das ist gewiß. Auf seine Treue können Sie sich nun verlassen. Ha ha ha! Er wird Ihnen in Ihrer Not redlich beistehen. Ha ha ha!

DAMON. Das hoffe ich auch gewiß.

LISETTE. Und ich auch. Ha ha ha! Ich weiß seine guten Absichten. Ha ha ha!

Letzter Auftritt

Oronte. Die Witwe. Leander. Damon. Lisette.

DIE WITWE. Wertester Damon, ich habe die betrübte Nachricht von Ihrem Herrn Vetter vernommen. Ich versichre Sie, daß mir Ihr Unglück nicht näher hätte können gehen, wenn mir es auch selbst widerfahren wäre.

LEANDER. Mein liebster Freund, das Glück ist Ihnen zuwider gewesen. Ich weiß, Ihr Gemüt ist viel zu gesetzt, als daß es dieser eitle Verlust sehr beunruhigen sollte. Ich hoffe übrigens, daß Sie leicht mit dem Glücke werden auszusöhnen sein. Es wird Ihnen vielleicht dasjenige, was es Ihnen itzo entzogen, ein andermal desto reichlicher ersetzen.

ORONTE. Ja, Vetter, ja, versteh Er mich. Ein andermal. Ein andermal. Ha ha ha!

LEANDER. Sie, Madam, haben die Gütigkeit gehabt, sich für den glücklichsten unter uns zu erklären. Der Himmel hat gewollt, daß ich es sei. Doch ich werde mich alsdenn erst wirklich für das halten, wenn Sie durch das kostbare Geschenk Ihres Herzens mir

DIE WITWE. Und diesen Antrag, Leander, können Sie in Gegenwart Ihres Freundes wiederholen?

DAMON. Gerechter Himmel! was höre ich?

LEANDER. O, Madam, ich kenne meinen Freund allzu wohl. Er wird sich nicht unterstehen, Ihnen in Ihrem Glücke hinderlich zu sein. Er wird Ihnen nichts, als sein Herz, darbieten können. Ich kann das meinige mit einer Tonne Goldes begleiten

DAMON. Leander, Sie wollen Verdruß und Erstaunen lassen mich kein Wort aufbringen.

ORONTE. Höre Er, Herr Vetter, ich will Ihm doch was sagen, versteh Er mich. Er kann die hübsche Witwe nun nicht heiraten. So viel ist gewiß, versteh Er mich. Leandern wird sie wohl auch nicht viel nütze sein. Versteh Er mich. Sie gefällt mir ganz wohl. Versteh Er mich. Ich möchte sie schon haben. Ich dächte, Er schlüge mich ihr vor. Versteh Er mich. Ich bin zu schamhaft dazu. Versteh Er mich. Mache Er, tue Er Sein möglichstes, ich will Ihn auch nicht in meinem Testamente vergessen. Versteh Er mich. Zwei Tonnen Goldes kann ich ihr mitbringen, versteh Er mich.

LEANDER. Ich bitte Sie inständig, Madam. Erklären Sie sich; damit auch mein Freund weiß, woran er ist.

ORONTE. Madam, erklären Sie sich nicht so geschwind. Verstehn Sie mich. Mein Vetter weiß einen hübschen Bräutigam für Sie, verstehn Sie mich, der Ihnen wohl anstehen möchte. Mit dem können Sie zwei, zwei Tonnen Goldes bekommen. Verstehn Sie mich. Vetter, Vetter, sage Er ihr ihn doch! versteh Er mich.

DIE WITWE. Es wird unnötig sein. Mein Schluß ist schon fest gestellt. Leander, es ist wahr, ich habe mein Wort von mir gegeben den glücklichsten von Ihnen zu erwählen. Ich will es auch halten. Der glücklichste, liebster Damon, sind Sie.

DAMON. Ich?

LEANDER. Damon?

ORONTE. Was? Was? Mein Vetter? Ja, dem sein Schiff ist ja untergegangen Madame. Verstehn Sie mich. Leander hat eine Tonne Goldes, verstehn Sie mich. Und ich habe ihrer zwei, verstehn Sie mich. Notwendig, notwendig müssen Sie mich meinen.

DIE WITWE. Ja ja. Damon, Sie sind bei diesem Handel der glücklichste gewesen. Sie sind glücklich gewesen, daß Sie Gelegenheit gefunden haben, Ihre große Seele auf so eine ausnehmende Art zu zeigen. Ihr größtes Glück aber ist, daß Sie nun Licht bekommen, die Falschheit Ihres Freundes einzusehen, dessen prächtige Galimathias Sie bis hieher verblendet haben. Leander, erwägen Sie nicht Ihre Aufführung? Sie hatten Nachricht bekommen, daß Ihr Schiff verunglückt sei. Bei dieser Angst wollten Sie sich an mir erholen. Sie setzten Ihren Freund schändlich aus den Augen. Mein Entschluß, mich für den glücklichsten zu erklären, war Ihnen nur in so fern verhaßt, als Sie besorgten, daß Sie es nicht sein würden. Sie suchten mich zu bereden, Damon liebte mich nicht mehr. Und gedenken Sie endlich an den Tausch, zu dem ich den Damon habe verführen sollen, zu einer Zeit, da Sie vermuteten, seine Sachen stünden besser, als die Ihrigen. Überlegen Sie dieses alles, und schämen Sie sich, einen Freund hintergangen zu haben, der Sie über alles hoch schätzte. Gehen Sie. Genießen Sie Ihrer Reichtümer, die just an keinen Unwürdigern hätten kommen können.

DAMON. Leander, soll ich es glauben? Sie haben mich hintergehen wollen?

LEANDER. Damon Ich habe Sie beleidigt. Leben Sie wohl!

DAMON. Leander, liebster Leander! wohin? Verziehn Sie.

LEANDER. Lassen Sie mich, ich bitte Sie. Ich muß Ihr Angesicht fliehen, ich sterbe vor Scham. Es ist unmöglich. Sie können mir nicht verzeihen.

DAMON. Ich Ihnen nicht verzeihen? O Leander, wäre Ihnen mit meinen Verzeihungen was gedient! Ja ja. Es ist Ihnen schon alles verziehen. Bleiben Sie da, mein Freund. Sie haben sich übereilt. Und diese Übereilung hat der Mensch, und nicht der Freund, begangen.

Madam, Sie sind erzürnet auf Leandern? Ich schlage alles aus, wo Sie nicht mit mir alles wider ihn vergessen. Wenn Sie uns trennen, so werde ich notwendig der unglücklichste sein. Ich weiß, wie schwer es ist, einen Freund zu finden. Und will man ihn schon des ersten Fehlers wegen verlassen, so wird man Zeit Lebens suchen, und keinen erhalten.

LEANDER. Damon Urteilen Sie aus diesen Tränen, ob ich gerühret bin?

DIE WITWE. Wohl! Leander, Damon verzeiht Ihnen. Und ich weiß selbst nicht, ob ich über seine Großmut, oder über Ihre Reue, mehr gerühret bin. Lassen Sie auch uns unsre Freundschaft wieder von neuem anfangen. O Damon, wie zärtlich wird Ihre Liebe sein, da Ihre Freundschaft schon so zärtlich ist!

ORONTE. Da war meine Freierei also auch umsonst!

DAMON. Nun, gestehen Sie mir wenigstens, lieber Leander, daß es etwas schwerer sei, die Pflichten der Freundschaft auszuüben, als von ihr entzücket zu reden.

LEANDER. Ja, Damon, ich habe die Freundschaft oft genennt, aber sie heute erst von Ihnen kennen lernen.

DIE WITWE. Damon! Damon! ich befürchte, ich befürchte, ich werde eifersüchtig werden. Keines Frauenzimmers wegen zwar nicht, aber doch gewiß Leanders wegen!